TARDI

«Die wahre Geschichte des unbekannten Soldaten» erschien erstmals 1974 unter dem Titel «La véritable histoire du soldat inconnu» beim französischen Verlag FUTUROPOLIS, auf Deutsch bei Edition Alfons im Jahre 1988.

«Die Guillotine» erschien erstmals 1976 unter dem Titel «La bascule à Charlot» im Magazin CHARLIE MENSUEL.

ISBN 978-3-03731-131-8

Edition Moderne
Eglistrasse 8, CH–8004 Zürich
www.editionmoderne.ch

Übersetzung: Christoph Schuler
Lettering: Michael Hau
Lektorat: Heike Drescher
Gestaltung: Claudio Barandun
Druck: Steinmeier, Deiningen, Deutschland

Für die finanzielle Unterstützung danken wir dem Edition Moderne Fanclub:

Christoph Asper, Gerold & Gaby Basler-Bolle, Michael Bischof, Jörg Bradenahl, Thomas Eppinger, Jürgen Grashorn, Christian Greger, Wenzel Haller, Beatrice Hauri & Werner Beck, Hans-Joachim Hoeft, Stephan König, Claude Lengyel, Marius Leutenegger, Leif Lindtner, Erich Merk, Juan Ortega, Sara Plutino, Christian Schmidt-Neumann, Sequential Art Rostock, Johannes Seybert, Hartwig Thomas, René Zigerlig

EDITION MODERNE

TARDI

DIE WAHRE GESCHICHTE DES UNBEKANNTEN SOLDATEN

UND

DIE GUILLOTINE

DIE WAHRE GESCHICHTE DES UNBEKANNTEN SOLDATEN

Und wieder einmal fand ich mich in den Abgründen der Finsternis wieder, in die mich mein ängstliches Wesen schon oft geleitet hatte.
Ein heftiger Schmerz durchzuckte meinen Schädel. Immer öfter auftretende Erinnerungslücken und ein quälendes Unbehagen wirkten sich auch nicht gerade positiv auf meine Depressionen aus... Meine Glieder taten weh.

Stundenlang lief ich ziellos durch die Gegend, bis ich zum „Hamam Palace" gelangte, in dem ich einen Teil meiner Jugend verbracht hatte.
Als ich durch die schwere kupferne Tür trat, hatte ich das ungute Gefühl, einen nicht wiedergutzumachenden Fehler zu begehen.
Aber ich dachte nur daran, meinen Körper in duftendes heißes Wasser gleiten zu lassen ...
Schau dir diesen Kerl ganz genau an. Ein Privatdetektiv, also so 'ne Art Bulle. Er sieht zwar nicht so aus, aber er ist ein Ass!

Das „Hamam Palace" sah aus wie immer. Ich wusste, ich würde geradewegs in den Untergang steuern, aber diesmal würde ich das Etablissement nicht verlassen, ohne herausgefunden zu haben, welche Dämonen sich hinter all dem verbargen.
Und so fand ich mich nach all den tristen Jahren der Eintönigkeit zwischen den obszönen Statuen und dem falschen Marmor dieses lächerlichen Bordells wieder.

Ich muss schleunigst ein freies Badezimmer finden...
Endlich fand ich eines, schmutzig, aber frei. Obwohl es nach außen hin nicht den Anschein machte, war dieses Etablissement in den letzten Jahren vernachlässigt worden und stark heruntergekommen, was sich da und dort bemerkbar machte.
Wieder quälten mich unerträgliche Kopfschmerzen...
Beinahe wäre ich an den widerlichen Dämpfen aus dem Badewasser erstickt. Just als ich darin einen ihrer Tricks erkannte, schwanden mir die Sinne...

Ah, da bist du ja!
Komm sofort da raus! Am Fuß der Statue findest du ein Boot. Nimm den Kanal, der zum See führt. Du weißt ja, an wen du dich dann wenden musst.
KRAA
Sei vorsichtig.

Die Statue. Das Boot.
Und wieder einmal war ich ihre Marionette. Ich tat genau, was sie wollten. Mir schien, als hätten sie sich diesmal besondere Mühe mit der Ausstattung gegeben. Ich wusste, ich war ihnen ausgeliefert...
Mühelos fand ich besagten Kanal...

Ich nahm es ihnen nicht übel, dass sie mich reingelegt hatten. Nackt ruderte ich zwischen den Pavillons umher, den Bordellen, errichtet zum Ruhme derer, die mich gedemütigt hatten und die ich entlarven wollte. Ich wusste, ich würde sie vernichten; nichts konnte mich aufhalten.

Die Gebäude waren beeindruckend, es gab für jeden Geschmack etwas, von Pagoden bis zu Neo-Ägyptischem. Plötzlich überfiel mich die Angst und mein Selbstbewusstsein schwand...

Hier musste es sein! Sicher erwarteten sie mich bereits, voller Vorfreude über die teuflischen Prüfungen, die sie mir auferlegen würden... Und sie würden mir nichts ersparen. Ich begab mich in die Höhle des Löwen, höchst verletzlich, da sie meine Absichten kannten. Ich kümmerte mich nicht darum, ob und wie ich jemals wieder hier heraus-kommen würde.
Da sind Sie ja! Wir haben Sie erwartet!
?
DA SIND SIE JA! WIR HABEN SIE ERWARTET!
Nehmen Sie diese Kleider und beeilen Sie sich! Machen Sie uns keine Probleme, lassen Sie uns nicht warten!
ÄH... ?

Schon besser! Bitte folgen Sie mir.
Beeilung!
Den Einäugigen hatte ich noch nie gesehen, aber den anderen kannte ich und wusste, dass er gefährlich war, ein Profikiller, zweifelsohne von jenen gedungen, die mich eliminieren wollten.
Wohin brachten sie mich? Ich war willenlos, ausgewrungen, mein Kopf wie Brei. Und noch immer plagten mich diese verfluchten Kopfschmerzen, als hätte ich einen aufgescheuchten Ameisenhaufen im Schädel. Aber ich war nun einmal da. Was konnten die beiden Hampelmänner von mir wollen? Gehörten sie zum Stab jener, die ich vernichten wollte? Damals wusste ich noch nicht, wer meine Gegenspieler waren. Oder war es nur einer?
Immer mit der Ruhe! Die Treppe hoch und durch die erste Tür!
?

Angst überkam mich, als ich durch die Tür ging. Ich bereute, dass ich mich von meinen Schritten zum „Hamam Palace" leiten lassen und ihn auch noch betreten hatte, getrieben von einer ungesunden Sehnsucht. Ich fühlte mich zunehmend unwohl.
Kommst du zurück?
Siehst ja nicht gerade begeistert aus! Niemand zwingt dich!
AAARH!
GHISLAINE DE LA ROSERAIE! Diese Schweine! Mistkerle! Gemeine Schufte! Sie haben eine Hure aus ihr gemacht! Eine Hure in ihrem dreckigen Loch! Ich werde die Kerle umbringen! Ich werde ihnen die Eier abreißen!
Ach, halt doch den Rand! Schau dir lieber das hier an!

AAH!
Ghislaine, schönes, zartes Kind! Ich kann es kaum glauben, dass sie aus dir eine dreckige alte Hure gemacht haben.
Na, ist das nicht schön? Was sagst du dazu ?! Verflucht nochmal, was brauchst du denn noch, um ihn hochzukriegen?
DU GEHST MIR AUF DEN SACK, DU IDIOT!
Komm schon! Wenn du so weitermachst, geht dir die Sauce in die Hose!
Soll ich dir was verraten? Isadora, gleich nebenan, die macht alles mit.
Womit um Gottes Willen hab ich das verdient?

Ghislaine de la Roseraie war die Schwester von Jean Etienne, dem berühmten Luftschiffer, der seit der Lindenberg-Affäre verschollen war. Ich hatte ihn nie kennengelernt, aber sie, sie hatte ich geliebt. Dieses Monster, das vor meinen Augen herumturnte, war einst eine charmante junge Dame gewesen.

Früher hatten wir regelmäßig aufregende Nachmittage zusammen verbracht...

Sehr gut! Machen wir es doch wie gestern, einfach etwas langsamer.
...und sie hatte sich mir ganz ausgeliefert.

Hmja... komm her, langsam, ganz langsam.
Ja! Ja! Ah... nicht so schnell, nicht so schnell! Mit Genuss! Und etwas langsamer als gestern.
Sehr gut, genau so! Wie schön, mein Gott, wie schön! Und jetzt dreh dich um.

Das wird allmählich langweilig. Wir sollten uns etwas Neues ausdenken, obwohl du dich ganz gut machst in dieser recht heiklen Disziplin, viel besser als andere Mädchen deines Alters.
AAAAAA
AARRH!
HA!

Sie haben aus dir ein widerliches Tier gemacht, aber ich werde dich aus deinen Fesseln, aus deinem jämmerlichen Dasein befreien...
NEIN
SCHLAMPE!
AAA
ES REICHT! Du bist der Nächste!
!
PENG

DU DA! Was hast du getan, du... aber... nein...
PENG
AAAA
In ungezügelter Wut hatte ich die Hure, den Killer und den Einarmigen umgelegt. Wären noch andere aufgetaucht, ich hätte auch sie mit Vergnügen getötet.
So leicht kriegt ihr mich nicht, ihr Mistkerle mit eurem dämlichen Bordell und der fetten Hure!
HA HA HA!

HA!HA! HA!
PENG
HA! HA!
Das eiskalte Wasser verstärkte den bohrenden Kopfschmerz nur noch.

?
HE!
HA HA HA HA HA HA
SCHWEINE!
Ein seltsames Schiff, das ich zu erkennen glaubte, fuhr vorüber, ohne mich aufzufischen. Einen Moment lang hatte ich den Eindruck, die Wahrheit flüchtig erblickt zu haben.

Nachdem ich eine Weile im Wasser getrieben war, übermannten mich Erschöpfung und Gleichgültigkeit.
Aber gerade als ich mich den düsteren Tiefen des Sees überlassen wollte – jedenfalls stellte ich mir sie düster vor –, wurde ich in die Gewitterwolken über mir gezogen.
LASST MICH STERBEN!
AAAA
Das war knapp! Noch hat dein Stündchen nicht geschlagen, aber mach dir nichts draus, wir werden uns später wiedersehen.
AAAAAAAA

Ich erkannte die luxuriöse Villa meines steinreichen Verlegers, aber etwas irritierte mich: Als ich sie das letzte Mal gesehen hatte, hatte sich ihre stolze Silhouette an Meudon-la-forêt nahe Paris geschmiegt, doch nun schien sie woanders zu stehen. Hatte etwa eine Katastrophe die Topografie des Pariser Beckens verändert?

Das Luftschiff wurde in den Hangar gebracht, und ich ging mit dem fröhlichen Piloten und meinen Kopfschmerzen zur Villa.
Es war zweifellos der Palast meines Pariser Verlegers Louis-Joseph BONNOT, eingerichtet mit dem ihm eigenen schlechten Geschmack.
NUN KOMMEN SIE SCHON, SIE TINTEN-KLECKSER!
!
Das war eindeutig seine Stimme, die mich so vornehm ansprach.

Da stand er, mit seiner ausdruckslosen Miene, die niemals auch nur den leisesten Anflug von Menschlichkeit zeigte. Kein Zweifel, ich war tatsächlich bei Louis-Joseph Bonnot, meinem Verleger.
Ich weiß nicht, ob er schon immer verrückt gewesen war, oder ob erst ich ihn im Verlauf der Jahre verrückt gemacht hatte, als Folge unserer schwierigen Zusammenarbeit. Auf jeden Fall aber hatte er mich verrückt gemacht. Ich lieferte ihm in unregelmäßigen Abständen billige Schundromane, die sich allerdings zunehmend gut verkauften.
Fragen Sie meine Sekretärin, was sie davon hält!
Schamlos!
JOSIANE PORTO-VECCHIO, DIE SCHLITZERIN! Ich fürchte, ich verstehe!
Ihr letztes Werk war obszön, unmoralisch, unmöglich zu verlegen! Fragen Sie Monsieur Louis-Joseph Bonnot, was er darüber denkt.

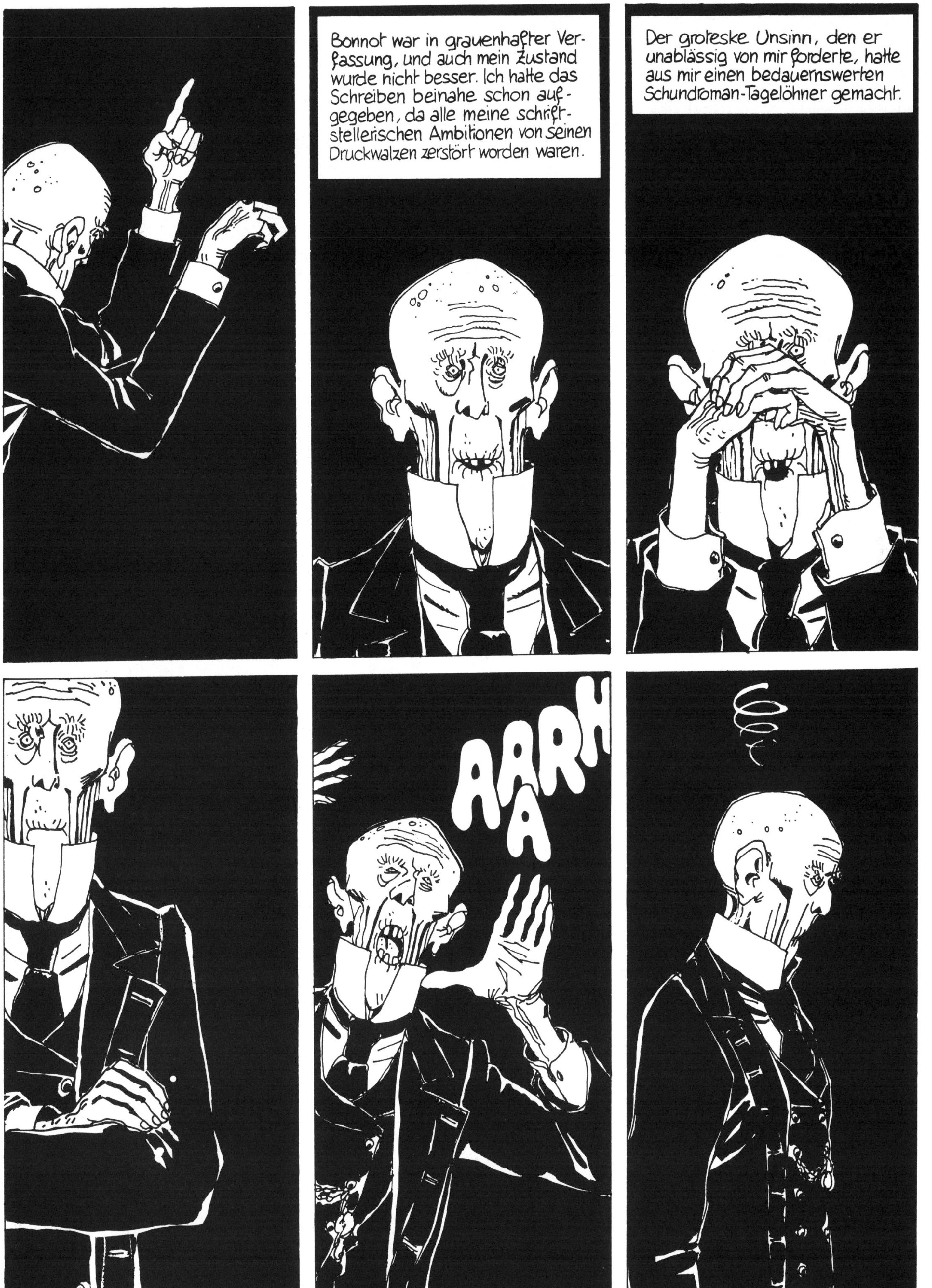
Bonnot war in grauenhafter Verfassung, und auch mein Zustand wurde nicht besser. Ich hatte das Schreiben beinahe schon aufgegeben, da alle meine schriftstellerischen Ambitionen von seinen Druckwalzen zerstört worden waren.
Der groteske Unsinn, den er unablässig von mir forderte, hatte aus mir einen bedauernswerten Schundroman-Tagelöhner gemacht.
AARH
A

AAARGHLL...
Folgen Sie mir, mein lieber Autor!
?
Armer Trottel.
OOOOOO
Aber... Was macht er denn da?

Mein Verleger ertrinkt! Ob ich ihm helfen sollte?
AAAAAAAAA
Der Tyrannosaurus war nicht besonders intelligent, obwohl es in der Kreidezeit kaum eine wildere Spezies gab. Sein Gehirn war winzig. So hatte ich Bonnot in meinem achtzehnten Roman „Das Geheimnis der Kreidezeit" dargestellt, was er nicht bemerkt hatte. Hier gingen merkwürdige Dinge vor – ich musste fliehen. Die jüngsten Ereignisse hatten mir Angst eingejagt, und meine Befürchtungen wurden am Ende des Ganges bestätigt...
?
HIERHER!

Ich erkannte sie sofort, denn ich hatte sie selbst erschaffen.
Tritt näher, gemeiner Schöpfer!
Erinnerst du dich noch, wie du mich im vierten Kapitel deines 23. Romans hast umkommen lassen?
Erinnerst du dich noch an den Fluch, mit dem ich meine Peiniger belegte?
Oh, ja, ich erinnere mich! Genauso wie an den schrecklichen Schluss! Verzeih mir! Andererseits ist meine Fantasie wirklich nicht von schlechten Eltern.
Die Heldin aus dem „BLUTIGEN PHARAO", meinem schlechtesten Roman! Meine Kitsch-Prinzessin, meine Operetten-Ägypterin! Erst Josiane Porto-Vecchio, die im Roman „DIE JUNGFRAU MIT DEN ROTEN HÄNDEN" ein Blutbad angerichtet hatte, und jetzt sie, in Fleisch und Blut!
VERFLUCHT!

So ist es! Aber vergiss nicht, dass du mein ärgster Peiniger bist! Hinfort! Auf dich wartet ein viel schlimmeres Schicksal!
Ich träumte tatsächlich nicht, aber ich hoffte dennoch, jeden Moment aus diesem Albtraum zu erwachen. Es war wohl die Folge der Erschöpfung, die mich nach dem Verfassen eines Romans über den Grabenkrieg befallen hatte, in dem ich die Hauptfigur spielte.
Jedenfalls war der unablässige Kopfschmerz durchaus ein Vorgeschmack auf die folgenden Ereignisse.

*Einkaufspassage in Nantes, erbaut 1843

Du Schwein! Jetzt wirst du dafür büssen, dass du eine hässliche Schlampe aus mir gemacht hast! Mieser Schmierfink!
So leicht kommst du nicht davon, Hundesohn!
Du wirst noch bereuen, was du uns angetan hast!
Das war zuviel! Da hatte ich mein Leben damit verbracht, möglichst scheußliche, abartige Kreaturen zu erfinden, um meinen Verleger und die Leserschaft zufriedenzustellen, und nun fielen alle zusammen über mich her, auch Bonnot und seine prähistorische Reinkarnation.

HA HA HA HA
Etwas nackte Haut und Gewalt und schon gefällt's allen. Hau ab, Mistkerl, meine Brüste ertragen deinen Anblick nicht !
Ghislaine de la Roseraie, aber jung und schön ! Wer hätte das gedacht !
Und da waren auch die Damen vom „Hamam Palace"! Genau so, wie ich sie mir ausgedacht hatte ! Beängstigend !
Ist das nicht der arme Kerl von vorhin? Bordelle sind wohl nichts für ihn, so geknickt wie er aussieht.
TJA, er ist am Ende. Schade ...

Ah, da bist du ja. Hör zu...
Von mir hast du nichts zu befürchten, weil du mich grausam und teuflisch gezeichnet hast, was mir durchaus gefällt. Aber nimm dich in Acht vor den anderen...
„DER KROATE MIT DEN RABEN"!
Ich liebe die Stelle, an der du mich sagen lässt: „Und wenn die ganze Menschheit hinter meinem Rücken in der Scheiße erstickt, ich würde mich nicht mal umdrehen."
Du hast Talent!
KRAH KRAH KRAH KRAH KRAH KRAH KRAH

Schön, dass es wenigstens einen gibt, der mit seinem Schicksal zufrieden ist. Aber ich habe **François SAINT-SAUVEUR** noch nicht getroffen, meine einzige ehrliche, gute und starke Figur. Nur er könnte mich noch retten.
Dein artiger Held ist hier.
„Sosiane Porto-Vecchio schlitzte ihren Opfern den Bauch auf...“
„...trank ihr Blut und wälzte sich in den noch warmen Eingeweiden.“ Das hast du geschrieben! **HA, HA!**
BUÄÄÄRK
Vor der Galerie wartete ein Schatten auf mich.

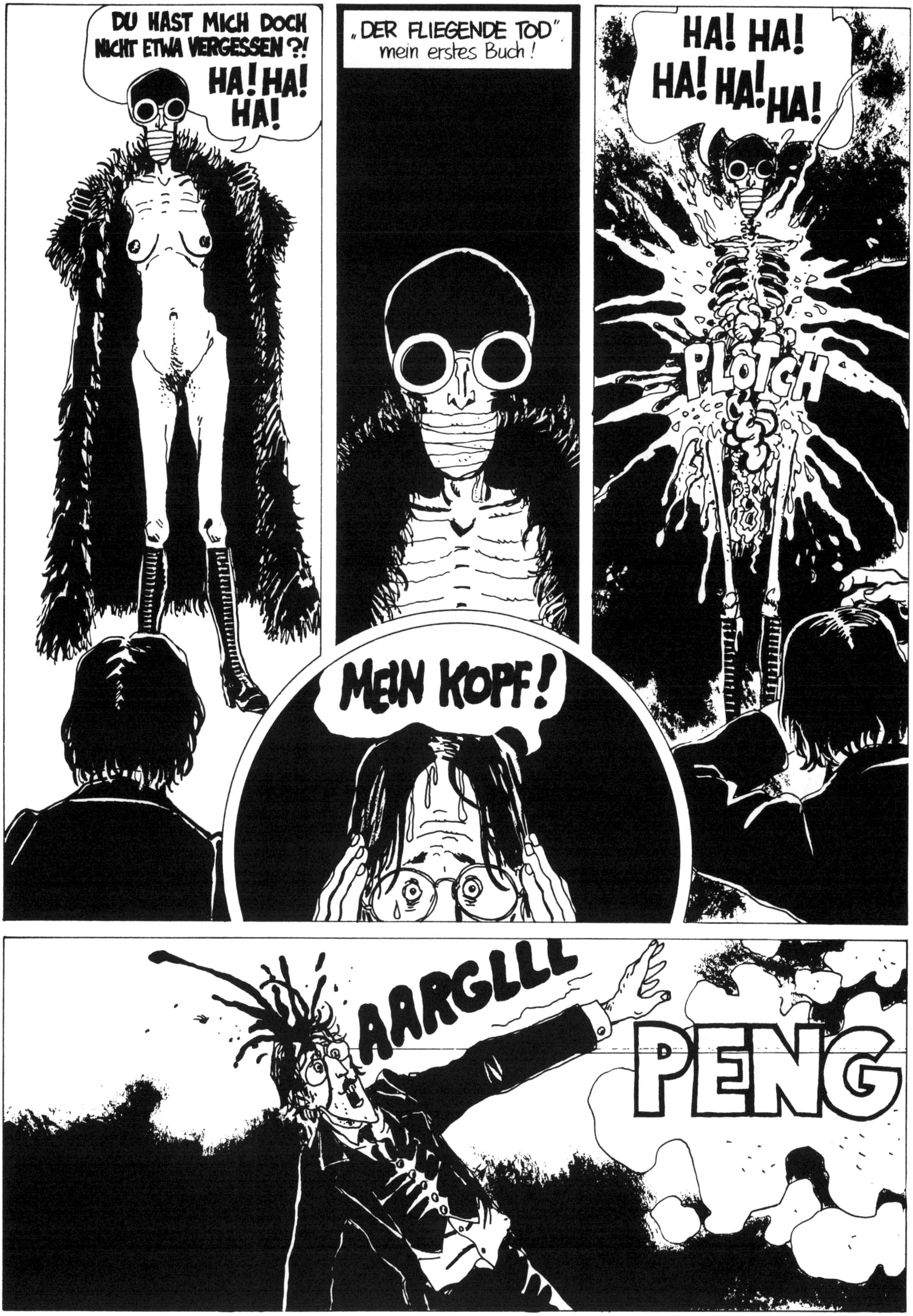

DU HAST MICH DOCH NICHT ETWA VERGESSEN ?!
HA! HA! HA!
„DER FLIEGENDE TOD" mein erstes Buch!
HA! HA! HA! HA! HA!
PLOTCH
MEIN KOPF!
AARGLLL
PENG

Für mich endete alles am 10. November 1918 im Schlamm. Die Geschichte stammte diesmal nicht aus meiner Feder, doch sie war schlimmer als alles, was ich jemals aus meiner Fantasie herausgekitzelt hatte.
He, da hat einer von uns ins Gras gebissen!
Ich kenne ihn. Hat behauptet, er wäre Schriftsteller.
Ja, ich weiß. Ein verfluchter Idiot.
Ich verweste allmählich im Schützengraben, bis man mich am 11. November 1920 unter dem Arc de Triomphe beisetzte. Und so gelangte mein jämmerliches Werk zu offiziellen Ehren...
J. TARDI
.ende.

DIE GUILLOTINE

Nach einer viel zu langen Reise voller Angst und Schrecken kam ich wieder nach Hause.
Ich wollte nur eines – vergessen.
Plötzlich fand ich mich vor dem Haus wieder, das ich vor vier Jahren unter dramatischen Umständen verlassen hatte.
Im Eingang stank es nach Urin. Wie früher.

Als ich das schäbige Chaos erblickte, an dem ich einst so gehangen hatte, schauderte mich. Die Wohnung roch ranzig und der Strom war abgestellt worden. Ich konnte unmöglich an diesem Ort bleiben und beschloss, sofort wieder zu gehen.
2

Ich fand ein paar Kleidungs-stücke und zog sie an.
Es ging mir nicht gut, aber ich hoff-te, die dumpfe Unruhe, die an mir nagte, draußen loszuwerden.
Aber...
?
DRRIIINNG
Ah, Herr Choumacher, endlich!
Seit zwei Jahren stehe ich immer zur selben Zeit vor Ihrer Tür; ich hatte schon befürchtet, Sie würden nie mehr zurückkehren. Sie haben Glück, Herr Choumacher, es wäre angebracht, eine Kerze anzuzünden!

Der Kerl quatschte und quatschte... Aber ich hatte verlernt, zuzuhören. Als er fertig war, hatte ich längst vergessen, worum es ging. Er gab mir einen Umschlag und verduftete.
Ich steckte den Umschlag ein, wartete, bis der Kerl verschwunden war, und machte mich dann aus dem Staub.
Den Rest des Abends ließ ich mich volllaufen. Als ich mich irgendwann umdrehte, war es zu spät: Sie war da.
4

Sie brachte stichhaltige Argumente vor, weshalb ich mit ihr gehen sollte. Was ich schließlich widerstandslos tat.
Wir blieben immer wieder stehen, an Orten, die mir unbekannt waren. Bei einem dieser Stopps überfielen mich Zweifel; hätte ich mich nicht in diesem Zustand der Benommenheit befunden, hätte ich vielleicht das Schlimmste verhindern können. Wenn ich heute darüber nachdenke, war es damals wohl bereits zu spät.
Als ich an jenem Tag in meine Wohnung zurückkam, gab es keinen Strom. Und trotzdem hatte der Kerl mit dem Umschlag bei mir geklingelt. Das wollte mir nicht mehr aus dem Kopf.

Später fand ich mich mit einem Glas in der Hand in einer mir unbekannten Umgebung wieder. Vermutlich war ich bei der Dame zu Hause.
Aber sie war nicht da.
Ich suchte sie in der ganzen Wohnung, als sie mich im Korridor überraschte.
Nur zu, durchsuch auch noch die Schränke!
Es schien, als hätte sie mich erschrecken wollen.
6

Jetzt nutzte sie meinen Zustand auch noch aus.
M.:.MUUH
?
MUUH
Bleib hier, ich komme gleich wieder.
Tu das nicht, du wirst es bereuen!
MMMMMH
7

MM MUUH
MEIN GOTT!
Was ist denn das ?
MUUH MUUH
MUUH!
MUUH!
M.. Mu
M.. M...
HA HA HA

MUUH!
HA HA HA
SCHEISSE!
Ich verstand gar nichts mehr, obwohl ich bei klaren Sinnen alles hätte durchschauen müssen. Aber ich war nicht in der Lage, nachzudenken. Stattdessen steigerte ich mich in einen blinden Zorn.
Du gehst jetzt wohl besser nach Hause.
Soweit kommt es noch! Wenn du mich nur hierher geschleppt hast, um dich über mich lustig zu machen, dann ist jetzt Schluss!
...her mit deinem Arsch!
Spiel dich nicht auf. Du bist genauso dumm wie die anderen... wie ihr alle, mit euren dicken Schwänzen.
9

M MUUH M::
Sie sträubte sich nicht... Im Gegenteil. Dass sie sich mir so überraschend freiwillig hingab, hätte mich stutzig machen müssen.
10

Idiot!
M..M
Mich überkam eine tiefe, dunkle Wollust...
und was folgte, war das blanke Entsetzen.
Auch das Monster
hatte was abgekriegt.

Ich geriet in Panik. Ich hätte nicht gedacht, dass ich eine solche Tat hätte begehen können, aber diese Überzeugung verließ mich gleich wieder, und ich wurde von Schuldgefühlen übermannt.
Vielleicht hatten die vier Jahre der Erniedrigung ausgereicht, um aus mir ein Monster zu machen.
?
In diesem Moment fand ich den Umschlag in meiner Tasche. Darin war ein Zettel mit einer Adresse.
12

Ich ging durch Pariser Viertel, in denen ich noch nie gewesen war.
Ich dachte nicht einmal mehr daran, die Adresse im Umschlag des Alten aufzusuchen.
In den Straßen herrschte das Grauen. Eine extreme Müdigkeit befiel mich.
Auf einmal stand ich wieder vor meiner Wohnung.
13

Ich konnte nicht anders, als einzutreten.
M MUUH: M
ARH!
Diesmal wusste ich sofort, dass ich in eine üble Falle getappt war.
?
MUUH
Der Schrei kam aus einer Abstellkammer, von deren Existenz ich nichts wusste.
Der Alte mit dem Umschlag – ich war geliefert.
Ah... Sie sind es, CHOUMACHER! Treten Sie ein!
MUUH
Und jetzt ganz ruhig...
14

Schauen Sie doch nicht so verängstigt, ich erkläre Ihnen alles. Mein Gott, unglaublich, es ist immer dasselbe. Allmählich habe ich die Schnauze voll, mir wegen solcher Idioten den Arsch aufzureißen.
Und wieder begann er zu quatschen. Ich hatte das Gefühl, alle Chancen gehabt zu haben, aber mir selber abhanden gekommen zu sein.
Ihr seid alle gleich! Seit zwei Sahren warte ich auf Sie... aber Sie kümmern sich keinen Deut drum... Sie wollen alles und sofort, aber verdammt noch mal...
...ein bisschen Geduld! Es geht nicht alles einfach so... zack, zack... gleich beim ersten Mal, mit den Händen in den Taschen... es geschehen Irrtümer... Unter uns: Sie sind ein ganz großer idiotischer Irrtum! Wollen Sie ihn ungeschehen machen? Wenn ja, so hören Sie mir verdammt nochmal zu! Ich hatte Ihnen doch die Adresse gegeben, oder? Und? Warten Sie auf die Wiederkunft des Messias?
Es ist immer dasselbe! Es fängt beschissen an und wird nur noch schlimmer. Und alles wegen Ihnen, CHOUMACHER!
?
?
AH, DIESER IDIOT!
AUA!
15

Ich hatte schon den Verdacht, dass dieser Mistkerl das Kindermädchen auffressen will! Schlimm! Man kann niemandem mehr vertrauen! Und wenn es einmal so weit gekommen ist, gibt es nur noch ein Mittel, ihn ruhigzustellen...
PENG
AAAA
PENG
PENG
Diesmal lag alles in meinen Händen, so viel war klar. Auch wenn ich erledigt war – ich war froh, dass ich wusste, was mich erwartete.
16

Ich hatte Angst, aber ich konnte sie kontrollieren. Was auch immer jetzt geschah, es war nicht mehr von Belang. Was geschehen musste...
AH!
... würde geschehen.
Los geht's! Ganz ruhig!
17

AAA
Die französische Polizei wurde schon seit jeher ihrem Ruf gerecht.
Das reicht!
Endlich hörten sie auf.
Der ganze Prozess stellte mich auf eine harte Probe. Ich erinnere mich nur noch daran, dass ich die Orden erwähnte, die ich in den Schützengräben erhalten hatte, aber das brachte nichts.
Ich bekam die Todesstrafe.
RF
18

Eines Morgens um drei Uhr bekam ich ein Glas Wein und eine Zigarette. Ich ließ mich auch zur Beichte überreden und ertrug die unangenehme Nähe des Gefängnispfarrers... Ich hatte nichts mehr zu verlieren.
Aber merkwürdigerweise hoffte ich trotzdem, davonzukommen.
834
Die Morgenluft tat mir nicht gut, ganz im Gegenteil. Ich erinnere mich, dass ich mich in meine Hose erleichterte, sodass ein übler Gestank mich und die Henkersknechte begleitete.
19

TÖTET IHN!
MIE-SES SCHWEIN!
TÖTET IHN!
STIRB, MISTKERL!
TÖTET IHN!
Wir gingen an den Wachen vorbei, deren Uniformen derjenigen glichen, die ich zu Beginn meines Niedergangs getragen hatte.
STIRB, DU SCHWEIN!
DRECKS-KERL!
MÖRDER!
TÖTET IHN!
BASTARD!
HA! HA!
HA! HA! HA! HA!

Ich hab's Ihnen doch gesagt, CHOUMACHER, aber Sie wollten nicht hören! Das haben Sie nun davon! Verdammt!
Der kleine Alte mit dem Umschlag war auch da.
Los, weiter! Nicht stehen bleiben!
Hi Hi Hi Hi Hi
AUF DEIN WOHL, MISTKERL!
He, da kommt mir eine brillante Idee! Zeig ihm deinen Arsch, das wird ihn völlig verwirren! HA, HA, HA!
POUM
HA HA HA HA HA HA HA HA HA HA HA HA HA HA HA
Einige hatten für Fensterplätze bezahlt, wie dieser Nachtschwärmer, dessen Tag genau dann endete, als meine Nacht begann...
HE, DU TROTTEL, DEN BEKOMMST DU NICHT!
Hi Hi Hi Hi Hi
21

NEIN!
OH...
Ich erinnere mich noch, als wäre es gestern gewesen.
22

TSCHACK
Na so was, der Kerl will nicht sterben! Die Klinge ist blockiert, Georges, zieh das Fallbeil hoch!
23

Gut so,
los!
TSCHACK!
Das
wär's!
Und ab die
Post!
834
TARDI
24